OMON FOY

RIRES VOILÉS

Mieulx est de ris, que de larmes escrire,
Pour ce que rire est le propre de l'homme.
(RABELAIS).

... Sans les pleurs, que sait-on de la vie?
C'est un roman qu'on n'a lu qu'à moitié.
(HENRY MURGER).

BORDEAUX

LIBRAIRIE NOUVELLE

3, PLACE DE LA COMÉDIE, 3

1877

RIRES VOILÉS

SALOMON FOY

RIRES VOILÉS

Mieulx est de ris, que de larmes escrire;
Pour ce que rire est le propre de l'homme.
                              (RABELAIS).

... Sans les pleurs, que sait-on de la vie?
C'est un roman qu'on n'a lu qu'à moitié.
                      (HENRY MURGER).

BORDEAUX
LIBRAIRIE NOUVELLE
3, PLACE DE LA COMÉDIE, 3
1877

RIRES VOILÉS

I

NICETTE

Églogue imitée de PARNY

———

C'est Nicette,
La coquette,
Qui, seulette,
Vient là-bas;
Et pensive,
Vers la rive,
Elle arrive,
Pas à pas.

L'oiseau chante
Sur la plante
Qui serpente
Près des fleurs ;
L'onde pure
Qui murmure
Se sature
De couleurs.

Sur la tête
Joliette
De Nicette,
Bonnet rond,
Une rose,
Fraîche éclose,
Se repose
Sur son front.

Son visage,
Douce image,
Au mirage
Du flot clair

Se reflète.
La fillette
D'une ariette
Chante l'air.

Voix mignonne
Qui fredonne
Et résonne...
C'est l'appel.
Tout écoute,
L'oiseau doute
Sous la voûte
Du bleu ciel.

Mais sur l'onde
Peu profonde
Tête blonde
Apparaît...
C'est bien celle
Que la belle
Jouvencelle
Attendait.

La gentille
Jeune fille
Émoustille
Le garçon;
Quelle audace!
Il l'embrasse
Avec grâce,
Sans façon!...

. . . .
. . . .
. . . .
. . . .
. . . .
. . . .
. . . .
. . . .

Plus de rose,
L'air... tout chose,
Le teint rose,
Sans maintien,
C'est Nicette,
La coquette,
Qui seulette,
S'en revient.

II

DISSONNANCE

Ton rire sonne mal, ta gaîté n'est pas vraie,
Pour chasser un moment quelque amer souvenir,
Pour fermer de ton cœur la douloureuse plaie,
Et pour voir de tes pleurs la source se tarir,
Tu voudrais dans l'ivresse un instant t'étourdir.

L'orgie a commencé. Le champagne pétille
Et sa mousse vivace allume ton esprit,
Les bons mots pleuvent dru, le paradoxe brille
Et de tes calembours chaque drôlesse rit
Et te loue en parlant un argot inédit.

Et toi, tu ris toujours, mais c'est une ironie;
Ton souvenir est là, plus saisissant, plus fort;
Ce que ta lèvre dit, ton regard le renie,
Tu détournes les yeux : une larme est au bord
Que tu voudrais cacher par un stérile effort.

III

MADRIGAL

Petite, tu me plais. D'honneur, tu peux m'en croire.
Ton petit air fripon et ton charmant minois
M'ont déjà, malgré moi, frappé plus d'une fois.
Sais-tu que tes yeux bleus, ta chevelure noire,
Ton teint éblouissant et ta mignonne main
Te donnent, sur ma foi, presque un air de marquise
Ton corset provocant est d'une coupe exquise
Et sous la soie on sent battre ton joli sein.
Vertudieu, mon enfant, tu n'es qu'une soubrette,
Et moi je suis un noble, un seigneur, un baron,

Mais devant les beaux yeux il n'est plus de blason,
Et je vendrais le mien pour ton regard, fillette.
J'y rêve plus souvent que je ne le voudrais,
Car malgré tout je crains que tu ne sois cruelle,
Et certes, ce serait grand dommage, ma belle;
C'est moi qui te le dis, et moi... je m'y connais.

IV

FULMEN

C'est une grande fille
A l'aspect élégant;
Elle va, se drapant
Dans sa noire mantille :
Sous sa paupière brille
Un regard éclatant.

Sa lèvre dédaigneuse,
Qui fait honte au corail,
Recouvre un pur émail,
Sa beauté merveilleuse
Qui rend l'âme rêveuse
Est digne d'un sérail.

On dit qu'elle est cruelle
Et qu'en son désespoir
Un prince, certain soir,
S'est brûlé la cervelle
Aux genoux de la belle,
Dans un joli boudoir.

C'est un conte perfide
Qu'elle fait à plaisir
Par le monde courir :
Et l'amoureux timide
Y met sa foi candide
Et frémit de désir.

Malgré son œil vivace
Et sa bouche de feu
Qui murmure un aveu,
Son cœur froid comme glace,
Où chacun trouve place,
De l'amour fait un jeu.

Tous les jours elle trame
Quelque nouveau roman,
Et plus d'un pauvre amant
Abandonne son âme
Sous le charme enivrant
De cette gouge infâme !

V

AU COIN DU FEU

Mignonne, il neige à gros flocons ;
Nous devions aller au théâtre,
Mais, si tu veux, nous resterons
Tous deux assis au coin de l'âtre.

Le spectacle de tes beaux yeux,
Où du foyer reluit la flamme,
Pour moi certes vaudra bien mieux
Que n'importe quel mélodrame.

Regarde, les toits sont tout blancs;
Le froid devient vraiment féroce;
Au loin quelques rares passants
A hauts cris hêlent un carrosse.

Écoute, la plainte du vent
Vient mourir sur notre fenêtre,
Avec un sourd mugissement
Qui fait frissonner tout ton être.

Ne crains-tu pas la froide nuit
Triste, sombre et silencieuse?
A peine si la lune luit
Comme une lanterne fumeuse?

Dans notre chambre, il fait si bon!
La lampe doucement éclaire
Ton teint si pâle et ton beau front
Incliné vers la flamme claire.

J'aime à te voir ainsi rêver,
Quand tu penches ta tête blonde :
Où pourrais-je jamais trouver
Un plus charmant spectacle au monde?

Pour ce soir, ma chère, aimons-nous ;
A nos amis fermons la porte,
Et si l'on nous traite de fous,
Nous en rirons : que nous importe !...

VI

ÉLÉGIE

DANS LE GOUT DU XVIme SIÈCLE

Imitée de CLÉMENT MAROT

Sçavez-vous bien, ma noble dame,
Qu'à vostre égard ma grande flamme
Arde toujours d'un mesme feu ;
Vous ne me choyez guerre ou peu,
Et je suis moult triste de larmes.
Vos yeulx qui m'ont faict tant d'alarmes

Plus ne me regardent d'amour !
L'ay-je perdu cet heureux jour
Où sur mon cueur vous ay tenue ;
Ces lieux où vous estes venue
Souventes fois sont jà déserts ;
Ces baisers que m'avez offerts
Ardoient sur mon ardente lèvre,
Poinct estaincte n'estoit la fièvre
Que vostre amour donnoit à moy
D'ung seul mot j'étois en émoy !...

Mais en ce jourd'huy, l'infidelle
Que j'adorois tant estoit belle,
M'a délaissé seul, gémissant
Et le cueur triste moultement.
Plus n'orray-je sa voix mignonne !
Ah ! sur la terre il n'est personne
Qui fasse ouyr pareil malheur ;
Oncques ne ris, de tout j'ay peur,
N'ay poinct d'ami qui me console,
Aussy bien hault je me désole,
Je verse larmes chaque soir
A l'heure où je la pouvois voir,

Je pleure en me tournant à dextre
Je pleure aussy mesme à senestre.
De répéter son nom béni
Ma bouche jamais n'a fini :
Mais rien ne faict, et l'infidelle
Au mien esgard, reste cruelle.

VII

MÉCHANCETÉ

Certain poète a dit un jour :
« D'une femme les lèvres roses
» Ont été faites pour trois choses
» Qui sont des attributs d'amour :
» Pour embrasser, puis pour sourire,
» Enfin, pour murmurer le mot
» Je t'aime! » Ici, rien à redire,
Ce poète est loin d'être un sot.
Moi, cependant, je m'imagine
Qu'il a négligé de finir,
Car une bouche féminine
Est surtout faite pour mentir.

VIII

A UN SQUELETTE

Pourquoi ricanes-tu, vieille charpente humaine?
Que reste-t-il encor dans ton cerveau vidé?
Aurais-tu donc gardé des souvenirs de haine
Pour le malheur brisant un front triste et ridé!

Tu veux, vil imposteur, tu veux nous faire croire
Que tu penses toujours, par ton rictus amer :
Tu perds ton temps, ami : dans l'éternité noire
Le sépulcre est profond, plus profond que la mer.

Certes, si tu songeais encore à cette vie,
Si ton crâne poli très-artistiquement,
Connaissait la douleur, la tristesse, l'envie,
Et de l'amour trompeur l'indicible tourment ;

Si tes doigts nettoyés avec un soin extrême
Pouvaient encor serrer la déloyale main
D'une fausse amitié ; si ton orbite même
Pouvait se rallumer et voir dans le chemin ;

Alors, je comprendrais ton sourire féroce,
Ta raillerie immense, ô sinistre railleur !
Examiné de près, notre monde est atroce,
Et celui qui le voit pleure ou rit de terreur ;

Mais toi, tu ne vois pas, et ta carcasse froide
Qui, de nous effrayer a la sombre vertu,
Quoique ravie aux vers est impassible et roide !...
Réponds, réponds-moi donc, pourquoi ricanes-tu ?...

IX

DÉCLARATION

J'avais nié le pouvoir de l'amour,
Mon cœur dormait avec insouciance :
Pauvre ignorant, je vous vis un beau jour,
Et me voilà pris d'un amour immense.

Dès ce moment, Madame, je compris
Que j'avais tort dans mon orgueil sceptique,
Mon pauvre cœur désormais était pris
Par vos beaux yeux au regard magnétique.

Comment oser vous faire un tel aveu :
Ah ! j'ai longtemps hésité, plein de crainte,
Mais aujourd'hui, m'enhardissant un peu,
Je viens vers vous balbutier ma plainte.

Mon front rougit, j'ai peur... je ne sais plus
Comment on dit les secrets de son âme...
Ces pauvres vers, si vous les avez lus,
Brûlez-les vite et pardonnez, Madame !

X

SIMPLE CONSEIL

Vois-tu, mon jeune ami, tout près de nous assise
Cette femme riante au regard ingénu,
Elle est belle à ravir, sa tournure est exquise,
Et deux bracelets d'or brillent sur son bras nu.

Dans les plis sinueux de sa robe de moire
Se dessine son buste admirablement pris,
Et sous ses beaux cheveux son front d'un blanc d'ivoire
A de vagues reflets dont on est tout surpris.

Pour un de ses regards on donnerait son âme ;
Pour pouvoir déposer sur sa mignonne main
Le plus petit baiser, on deviendrait infâme.
Fuis-la, mon jeune ami, tu l'aimerais en vain. —

De ces adorateurs qui fourmillent près d'elle
Garde-toi d'imiter les propos langoureux,
Ils sont là, lui disant sans cesse qu'elle est belle ;
Elle savait cela déjà bien avant eux. —

Rien n'a jamais battu sous sa blanche poitrine,
Son œil fut toujours sec, de ses rires vainqueurs
Elle inspire un amour qui consume et qui mine,
Et sa petite main a broyé bien des cœurs.

Évite prudemment sa mortelle caresse,
Ne bois pas à sa lèvre un dangereux venin ;
Te laissant abuser par une fausse ivresse,
Tu rirais aujourd'hui, — tu pleurerais demain !

XI

A ELLE

—

Sais-tu bien ce qu'on dit, ô ma chère adorée!
Que j'ai tort de t'aimer, que mon âme éplorée
Vainement se consume, et que de ton regard
L'éclat fascinateur me perdra tôt ou tard ;
Que du brûlant amour qui rend ma tête folle
Tu n'es pas digne ; enfin, on dit que mon idole
Est perfide et sans cœur, qu'elle est fausse, en un mot,
Qu'elle me trompe et que je suis un pauvre sot.
Tu sais que ces discours m'importent peu, sans doute,
Tous ces beaux sermonneurs que jamais je n'écoute,
Sont des jaloux, vois-tu, des fats, des envieux ;
Ils savent qu'on frissonne en voyant tes grands yeux ;
Ils savent que pour toi je donnerais mon âme,
Et que sous tes baisers, d'ivresse je me pâme....

Ils savent que tu tiens enfermés dans ton cœur,
Écrin de voluptés, des trésors de bonheur;
Que de ta bouche rose un simple mot me grise
Et que ta blanche main est d'une forme exquise ;
Ils savent que tes yeux peuvent aussi pleurer
Et que sur ton visage on voit parfois errer
Deux larmes, deux bijoux, vrais diamants limpides
Qu'ivre d'amour je bois de mes lèvres avides.

Mars 1876.

XII

FECIT INDIGNATIO VERSUM

Je ne crois pas à toi, courtisane éhontée,
Car ton cœur bien éteint ne peut se rallumer ;
Promenant au grand jour ta splendeur effrontée,
Tu peux vendre ton corps, — tu ne peux plus aimer !

Ton œil cave et vitreux n'a plus son étincelle,
En reflétant de l'or ton regard s'est sali ;
A peine si l'on voit qu'à vingt ans tu fus belle,
Car le vice a marqué ton visage pâli.

On vient après cela me vanter tes merveilles,
Tes grâces, ton esprit, ton charme séducteur ;
Il paraît qu'à souper, bon nombre de bouteilles
De Cliquot pétillant ne te font jamais peur.

Que m'importe cela? Si quelque jour, peut-être,
Tes lèvres s'entr'ouvraient pour dire un mot d'amour ;
Si, dans ton âme impure on voyait encor naître
Une noble pensée intègre et sans détour,

Mais le plus frêle espoir serait bien chimérique ;
Continue à tromper par de trompeurs appas
Les sots admirateurs de ton faste impudique :
« Messieurs, je vends l'amour ! » — Tu mens, tu n'en as pas !

XIII

NUIT D'AMOUR

Et durant cette nuit, sur son beau front sans voiles,
Mettez plus de baisers qu'il n'est aux cieux d'étoiles.
H. MURGER.

C'était un beau jeune homme, et l'amour l'appelait.
Chaque soir de printemps quand la brise soufflait,
Il se promenait seul errant à l'aventure,
Admirant dans la nuit la splendide nature.
. . . .
Un soir il vit deux yeux au regard vif et clair
Le fasciner soudain comme un rapide éclair ;
Une bouche mignonne en s'ornant d'un sourire
Alluma dans son âme un étrange délire...
Bref, je ne sais comment la chose s'arrangea,
Bras dessus, bras dessous, vite on se dirigea

5

Dans un quartier lointain singulièrement sombre,
Délaissé par la lune et submergé dans l'ombre ;
Quelques instants après, dans un charmant boudoir,
Mon bienheureux héros, tout tremblant vint s'asseoir
En silence, admirant la charmante inconnue
Qui déjà laissait voir sa gorge demi-nue.
Un baiser retentit, — prémice des amours, —
Ensuite on se promit de s'adorer toujours,
Puis, comme les baisers poursuivaient leur carrière,
La chambre, tout à coup, se trouva sans lumière...

. . . .
. . . .
. . . .

Le lendemain matin, mon héros radieux
Disait à sa compagne : « Oh! que je suis heureux !
» Je t'aimerai toujours, va, ma belle adorée,
» Chaque fois que l'aurore à la teinte dorée
» Viendra me rappeler ton souvenir si doux,
» Oh! j'accourrai t'aimer, humblement, à genoux,
» Car, désormais, vois-tu, je serai ton esclave,
» Je veux entretenir dans mon cœur une lave
» Qui brûlera pour toi d'un amour éternel,
» Je t'en fais en ce jour le serment solennel. »

Et comme il achevait ce discours remarquable,
Mon héros se leva, plein d'ivresse ineffable,
Comprimant de son cœur les chaleureux élans,
Puis il se dirigea vers la porte à pas lents :
« Quoi! tu t'en vas ainsi, fit la belle en alarmes. »
Et son œil s'humecta de quelques fausses larmes.
« Comment ferais-je donc pour solder mon loyer?
» Pour aimer, mon mignon, sache qu'il faut payer;
» Pourtant en ta faveur, je serai charitable,
» C'est le juste un louis, prix fixe invariable... »
.... ! ! ! !
« Monsieur, n'oubliez pas la bonne, s'il vous plait. »
.... ? ? ? ?
C'était un beau jeune homme et l'amour l'appelait.

XIV

A L'INFIDÈLE

Pourquoi m'as-tu trompé, méchante !
Je t'avais donné tout mon cœur,
Notre existence était charmante
Et j'étais fier de mon bonheur.

Bien souvent, entre deux caresses
Dans les transports de nos amours,
Tu m'avais fait mille promesses
De n'adorer que moi, *toujours !*

J'avais foi dans ce mot frivole,
Je savais qu'alors tu m'aimais
Et j'avais l'espérance folle
De te posséder à jamais.

Mais cette croyance naïve
Vient soudain de s'évanouir,
L'autre jour, je te vis pensive...
Le dieu d'amour allait s'enfuir!

Cela m'a fait pleurer, ma belle,
J'ai compris que c'était fini...
Et longtemps de mon infidèle
J'ai murmuré le nom béni.

Ah! j'ai passé de tristes veilles;
Il me semblait, pauvre insensé,
Voir encor tes lèvres vermeilles
Et sentir leur souffle embrasé.

Mais à ces regrets faisons trève,
J'ai bien assez souffert, vois-tu,
Je veux, oubliant ce beau rêve,
Relever mon cœur abattu.

Voilà qu'un franc éclat de rire
A travers mes pleurs se fait jour,
Ma foi, je n'ose m'en dédire,
Je vais chercher un autre amour.

TABLE

Bordeaux. — Imp. DUVERIER et Comp. (DURAND, dir¹), rue Gouvion 7.

www.ingramcontent.com/pod-product-compliance
Lightning Source LLC
Chambersburg PA
CBHW060841180626
46818CB00004B/1535